AF347377

LES MOIS ET LES SAISONS,

PAR

PAULIN TEULIÈRES,

Auteur de plusieurs ouvrages qui ont obtenu le suffrage de l'Université.

Bureau provisoire :

PARIS,

47, RUE DE LUXEMBOURG, QUARTIER DE LA MADELEINE.

1850.

TYPOGRAPHIE DE VEUVE LAMAIGNÈRE NÉE TEULIÈRES, A BAYONNE,
RUE BOURG-NEUF, 1.

PRÉFACE.

Les mois se succèdent ainsi que les saisons, et c'est à peine si l'homme arrête son attention sur les phases principales de ce phénomène immense et complexe qu'on appelle l'Année. L'habitude, en effet, semble lui faire perdre de précieuses facultés : celles de sentir, d'observer, de réfléchir. Et tandis que les faits les plus petits l'impressionnent vivement, s'ils sont spontanés, insolites, inattendus, il reste froid aux phénomènes les plus éclatants, dès qu'ils sont prévus, réguliers, permanents. On dirait même que, pour lui, toute merveille cesse de l'être dès qu'elle est continue.

Si l'homme eût assisté à l'œuvre solennelle de la Création ; s'il eût pu voir sortir du néant toutes les magnificences de l'Univers, assurément son âme se fût extasiée de surprise et d'admiration ; et cependant il ne s'émeut point en présence de tous ces êtres qui se développent et se maintiennent dans l'ordre le plus parfait ; il reste indifférent, comme si la Providence qui conserve, n'était pas la sœur divine de la Puissance qui crée ; il reste inattentif, comme si la conservation miraculeuse des créatures et des mondes, n'était pas elle-même une création d'autant plus étonnante qu'elle se renouvelle à chaque instant.

Nous essaierons de nous dégager de cette indigne léthargie de l'esprit et du cœur ; nous suivrons, dans leurs fonctions respectives, la lumière et la chaleur ; nous étudierons, dans leurs actions réciproques, le sol, l'air et l'eau ; nous apprécierons avec soin le rôle du vent, de la pluie, des glaciers, des déserts ; nous ne négligerons point de faire ressortir l'utile intervention des montagnes, des forêts et des fleuves, ainsi que les modifications qu'éprouvent et que produisent à leur tour les plantes et les animaux.

Mais l'étude des saisons se lie d'une manière intime à l'industrie agricole, mère nourricière de toutes les autres industries ; c'est sur les saisons que se règlent, en effet, et le travail des champs, et l'éducation des bestiaux. Nous donnerons sur ces deux branches agronomiques les détails convenables et suffisants; mais nous ne parlerons ni de phytotechnie, ni de zootechnie. (1)

Car, nous ne pouvons oublier que nous écrivons pour de jeunes intelligences qui doivent trouver, dans notre livre, des notions choisies et non des connaissances spéciales.

Notre livre des *Mois et des Saisons* se divisera donc en deux parties, afin que l'année soit analysée successivement sous le double rapport de la Nature et de l'Agronomie.

(1) Ces deux spécialités de l'Agronomie ne sont point soumises à une méthode scientifique : elles appliquent seulement des procédés fournis par l'expérience et transmis par le temps ; elles ont pour but d'obtenir ainsi des espèces supérieures, ou bien des variétés nouvelles : l'une dans les plantes, et l'autre dans les animaux. Elles s'occupent aussi de l'acclimatation des espèces étrangères ; mais, comme elles s'éclairent ici des principes de la science, cette grande question sera traitée dans notre livre d'*Histoire naturelle*.

LES MOIS ET LES SAISONS.

—

PREMIÈRE PARTIE.

—

LES MOIS ET LES SAISONS

SOUS LE RAPPORT DE LA NATURE.

JANVIER.

Le nom de ce mois lui vient de Janus, personnage allégorique considéré comme le portier *(Janitor)* de l'Olympe. On représentait Janus avec deux figures : l'une de vieillard, tournée vers le passé, l'autre de jeune homme, tournée vers l'avenir; l'une grave comme la réalité, l'autre radieuse comme l'espérance.

Ce fut Numa Pompilius qui décida que Janvier ouvrirait la période annuelle, comme Janus, auquel ce mois était dédié, ouvrait les portes des cieux; car, sous Romulus, l'année commençait au mois de Mars.

Le grief principal contre le mois de Janvier, c'est le froid extrême qui le caractérise, en effet; mais c'est par ce point surtout qu'il est utile, car le froid a son rôle aussi, et son rôle important dans l'économie providentielle de la Création. D'une part, il enchaîne les forces végétatives et les tient au repos, afin qu'elles puissent, au temps convenable, se développer partout avec plus d'intensité; d'autre part, il détruit des myriades d'insectes, d'où résulte pour nous un double avantage, puisque nos fruits ne seront pas dévastés, et que la récolte sera même d'autant plus abondante que le sol évidemment aura reçu plus d'engrais. Et puis, ne faut-il pas que l'évaporation de l'eau soit enfin retardée? Ne faut-il pas, pour imbiber nos guérets, que les pluies y pénètrent et qu'elles y soient retenues? Ne faut-il pas aussi qu'au sommet de la montagne, les glaciers fassent leur réserve pour suffire ensuite aux dépenses de la belle saison? Ne faut-il pas que, vers le pôle, s'amassent et s'amoncellent des océans immobiles et solidifiés, afin que les fleuves sous-marins viennent réparer les pertes des océans équatoriaux, lorsqu'au printemps l'atmosphère va se détendre, et que, bientôt après, l'été va menacer de tarir les rivières, les lacs et les mers?

Sans doute, Janvier ne permet pas à l'horizon de revêtir ses habits de fête, mais cependant la terre n'est pas dépouillée de toute parure. Voyez : l'épine blanche montre dans les champs ses baies purpurines, et le laurier-thym déploie ses fleurs disposées en ombelles et son feuillage d'un éclat permanent; l'if dresse encore sa pyramide toujours verte, le lierre maintient contre le mur toutes ses feuilles, et

l'humble buis conserve encore toute sa verdure,
tandis que le fier sapin porte dans l'air sa tête ver-
doyante. Or, toutes ces nuances paraissent alors
d'autant plus belles qu'elles se détachent et se relè-
vent sur la couche de neige qui revêt au loin tout
le sol ; et la perspective n'a-t-elle donc pas aussi sa
magnificence lorsque, par un rayon inattendu, le
soleil scintille sur les broderies pittoresques que le
givre suspend aux branches des arbres comme aux
toits des maisons ? Toutefois, l'horizon n'est pas sans
mouvement ; car, voyez les actives recherches du
merle et du moineau : pour réparer amplement quelques larcins commis par eux sur nos vergers, sur
nos moissons, voyez comme ils détruisent ces larves
nombreuses, qui plus tard menaceraient tous nos
fruits. Vous faut-il une scène plus enjouée ? Voici
qu'une querelle s'engage entre la mésange et le
roitelet. L'objet du litige est si minime qu'il échappe
à votre regard : c'est un fétu, un grain de millet,
ou bien quelque débris de chenille oublié par le vent.
Et cependant la lutte est longue et vive, car la mésange est taquine, et le roitelet, peu endurant. D'ailleurs, la saison est rigoureuse, les vivres sont rares
et puis les amours-propres sont compromis. Aussi,
entendez toutes ces petites clameurs ; voyez comme
ces petits becs s'aiguisent et se croisent ; comme ces
petites ailes s'agitent ou glissent dans l'air ; comme
tour à tour chacun de ces petits athlètes attaque,
s'esquive ou se défend, jusqu'à ce qu'enfin le combat
cesse d'ordinaire par une fuite réciproque, après un

partage plus ou moins inégal. Cette scène charmante resterait inaperçue parmi les splendeurs du printemps, de l'été ou de l'automne; mais ici, elle nous intéresse et nous plaît, parce qu'elle fait contraste avec l'attitude austère du sol, en ce moment enveloppé de neige et de silence. Mais essayez donc de compter tous les diamants à facettes, toutes les pierreries opalines que la gelée blanche a semées sur la plus simple chaumière, sur le plus modeste buisson. Et tout cela peut-être ne parle encore qu'aux yeux; mais, pour l'âme méditative, est-il rien de plus imposant, rien de plus solennel que l'aspect de l'horizon, lorsque dans le calme mystérieux de la nuit, la Lune, devenue reine du firmament, laisse tomber sa lumière douce et pure sur cette blanche tunique de la Terre endormie?

Voyez aussi comme ce qui ne semble d'abord destiné qu'à l'ornement, porte cependant ce caractère d'utilité que la bienfaisante main du Créateur imprime à toutes ses œuvres : cette neige, qui resplendit afin de ne pas laisser perdre un seul des rayons lumineux alors affaiblis, est en même temps le meilleur de tous les calorifères pour les plantes. Dès qu'elle couvre l'horizon, tous les germes se trouvent merveilleusement abrités contre les rigueurs excessives du froid. Que maintenant, venue des pôles, la tempête passe toute glacée pour aller remplir au loin sa mission, la couche de neige interposée lui dérobe les grains que le laboureur a semés, et puis, à l'époque de la germination, cette neige fondue descend jusqu'à la radicelle naissante et lui porte les principes nutritifs qu'elle a dissous et retenus.

Un esprit superficiel s'imagine peut-être que notre Terre serait un paradis, si partout régnait un éternel printemps. Mais la réflexion nous dit bien vite que notre globe alors serait inhabitable, ou du moins deviendrait, pour l'homme, une fort triste demeure. Des classes entières d'animaux et de plantes disparaîtraient aussitôt ; la forêt n'aurait plus sa rivière, ni le bocage son ruisseau ; l'aspect de l'horizon, partout et toujours, serait d'une fatigante uniformité ; cette diversité de fleurs et de fruits qui fait notre joie, qui fait notre richesse, se trouverait infiniment restreinte ; et ce que nous apprécions tant aujourd'hui, parce que nous avons le temps de le désirer, une journée fraîche et transparente du mois de mai, nous deviendrait monotone, parce que la sensation la plus suave nous importune, dès qu'elle est continue.

Malheureusement nous ne savons pas réfléchir, et notre ignorance diminue sans cesse l'importance de toute chose. Ainsi, pour ne pas terminer ces lignes sans en tirer au moins une leçon, dites-moi : votre attention s'est-elle arrêtée jamais aux décorations charmantes que le givre dessine sur nos vitres? La physique nous enseigne que, refroidi à l'extérieur par le contact de l'air, le verre, à son tour, refroidit l'air tiède de nos appartements, qui est alors forcé de déposer, sous forme cristalline, la vapeur d'eau

dont il est saturé. C'est bien; mais si vous voulez
chercher la loi qui préside à la formation de toutes
ces lignes géométriques qui partent d'abord d'un
axe et se ramifient, comme partent de la tige d'une
plume les barbes déliées d'où dérivent ensuite des
barbules encore plus imperceptibles, la science hu-
maine l'ignore encore, et c'est ainsi que ce phénomène nous paraît petit et minutieux. Mais un objet
est-il donc petit, parce que nous ne pouvons le com-
prendre; est-il minutieux, quand il peut faire naître
d'utiles pensées? Pour qui sait réfléchir, n'y a-t-il
pas dans ce phénomène un utile enseignement?
Voyez ces apparences florales qui ornent nos vitres : elles sont brillantes et variées, cependant un
regard du soleil les efface; ne sont-elles pas l'image
de toutes nos illusions, que, d'un geste, le temps
anéantit si vite?

FÉVRIER.

Le nom de ce mois dérive de Februa, sorte d'ex-piations annuelles que les Romains faisaient effecti-vement à cette époque. Les derniers jours en étaient consacrés à la fête des fous, que semblent continuer encore aujourd'hui les extravagances du carnaval. Il terminait l'année chez les Romains et chez nos aïeux. Il est devenu notre deuxième mois, par l'ordonnance du roi de France Charles IX qui décida qu'à partir de 1565 l'année civile commen-cerait désormais au 1er janvier.

On reproche au mois de Février d'être surtout pluvieux. Assurément, il serait d'abord plus sage de songer que les phénomènes naturels ne sont pas livrés au hasard, et que, par exemple, la main puissante qui s'ouvre pour nous verser la pluie, est cette main créatrice et providentielle qui forma la la Terre et qui la gouverne. Mais, emportés par nos premières impressions, qui devraient plutôt nous être les plus suspectes, nous ne savons pas supposer utile ce qui semble menacer un peu notre aveugle égoïsme. Essayons cependant de raisonner.

L'eau est un des agents les plus essentiels de l'é-conomie terrestre. La place immense qui lui est faite sur le Globe l'exprime suffisamment. Elle doit, en effet, modifier à la fois l'atmosphère et le sol, passer et revenir successivement de l'une à l'autre, afin de mieux assurer partout le travail de la végétation et le bien-être des animaux. Aussi voyez comme, sous la forme ou de glace, ou de vapeur, elle quitte ou reprend tour à tour, ou la densité de la pierre, ou la rareté de l'air. Voyez surtout, à l'état liquide, comme tour à tour elle s'étale, se promène ou s'arrête, sous la forme de mer, de rivière ou de lac. Mais ce n'est pas encore assez pour accomplir son œuvre, car il est des plantes et même des animaux qui l'attendent, au loin, sur le flanc des collines, sur le front des rochers. Or, l'eau liquide n'y peut atteindre que sous une forme nouvelle, sous la forme de pluie. Bien plus, il faut qu'à une époque précise cette pluie soit abondante et continue ; car, s'il est des terrains où l'eau pénètre aisément, il en est d'autres aussi où elle ne peut s'insinuer qu'avec peine. Et cette diversité des couches terrestres est elle-même parfaitement assortie à celle des plantes et des animaux qui exigent que le sol présente différents degrés de perméabilité, afin qu'ici l'évaporation s'opère vite, et que là, au contraire, elle soit retardée. L'insistance de la pluie lui permettra donc d'imbiber profondément tout l'horizon, et puis chaque terrain se mettra de lui-même dans les conditions d'humidité qui lui sont propres ; car, par une admirable réciprocité, dès que le soleil se montre, l'eau est facilement abandonnée par les couches qui sont très-perméables, mais elle est longtemps retenue par celles qui l'ont admise lentement.

Or, si la pluie continue est nécessaire dans une des parties de l'année, à quelle autre époque pourrait-elle agir plus à propos que dans ce mois ? D'abord, c'est la période la plus opportune pour les plantes, car la graine recueillie sous le sol a besoin que déjà commence autour d'elle l'emménagement des sucs qui doivent bientôt la nourrir. C'est aussi le temps le plus convenable pour les animaux, puisque la plupart d'entr'eux, ou n'existent qu'en germes, ou sont plus ou moins engourdis; et les autres, n'ayant pas encore leurs inquiétudes de famille, peuvent rester plus sédentaires. Enfin c'est le moment le plus commode pour l'homme; car le laboureur est alors occupé à des soins intérieurs, à des travaux abrités; et quant au citadin lui-même, rien ne l'invite encore à porter ses loisirs dans les champs.

C'est par le dégel d'abord que Février marque sa venue. La bise étant passée, l'horizon désormais peut être mis à découvert. D'ailleurs, il faut que la terre soit ramollie pour être docile au labour. Mais comment va disparaître enfin cette neige épaisse et ferme qui couvre la plaine ainsi que la montagne ? Certes, le problème serait fort difficile pour l'homme, qui seulement ne pourrait dire tout ce qu'il lui faudrait, pour le résoudre, d'appareils, de combustible et de temps. Et pourtant, l'habitude de voir ce phénomène s'accomplir sans effort en quelques heures, ne lui laisse pas admirer à quel agent imperceptible Dieu confie l'œuvre importante du dégel. C'est un simple courant d'air parti de l'Equateur, qui, de sa tiède haleine, touche la neige et la fond ; ou plutôt il la divise en deux parts : l'une qui s'élève gazeuse pour détendre l'atmosphère ; l'autre, et c'est la plus grande, qui descend liquide dans le sol ; de telle sorte que cette neige qui naguère était pour les plantes la meilleure sauvegarde, devient aujourd'hui pour elles le plus riche aliment ; car, en se liquéfiant, elle dissout et leur apporte les débris de tous les corps désorganisés par le froid. Ne devrions-nous pas aussi remarquer que le fonctionnaire invisible, chargé de déterminer tout cela, remplit si discrètement sa fonction, que l'atmosphère semble sommeiller partout, et que vous n'apercevez émues ni la feuille déjà verte de l'aune, ni la fleur naissante du daphné.

Quand la surface du sol est ainsi déblayée, la vapeur d'eau, suspendue comme en réserve dans l'atmosphère, se refroidit, se condense et retombe : c'est la pluie. Selon les circonstances, et selon les saisons, la pluie qui traverse l'air, l'apaise, le rafraîchit ou l'épure. Mais en ce moment, elle nous intéresse plutôt par la puissance nutritive qu'elle vient d'acquérir, car elle a dissous, en se liquéfiant, les principes gazeux qui s'étaient dégagés comme elle de l'horizon. Ces principes seraient inutiles dans l'air et même nuisibles ; mais, ramenés dans le sol, ils s'ajoutent encore aux provisions alimentaires dont la plante va bientôt profiter.

Cette restitution que l'air fait à la terre de l'eau qu'elle a perdue, est soumise à une loi d'harmonie que nous ne saurions assez admirer : c'est que la quantité de pluie que l'atmosphère nous renvoie tous les ans est toujours à peu près la même, et que l'hiver n'en fournit guère que sa part comme l'été. Seulement, dans une heure d'orage, Juillet précipite plus d'eau que Février dans tout un jour. Et il importe qu'il en soit ainsi; il importe, en effet, que le mois de Février ait plus de journées pluvieuses, c'est-à-dire, que la pluie soit alors moins rapide, mais plus soutenue ; car, à cette époque, l'eau doit reprendre et modifier lentement les dépouilles opulentes que l'automne a laissées sur le sol.

Et maintenant, est-il bien vrai que Février, que nous disons si triste, soit tout à fait dépourvu d'ornements ? Les scènes de la Nature ne devaient-elles pas, au contraire, nous offrir le modèle de ces beautés de contrastes que nous aimons à trouver dans les tableaux de nos peintres ? Or voyez, après quelques heures de pluie, comme le moindre rayon de soleil vous paraît beau ! Elles sont belles aussi après l'ondée, ces pervenches et ces paquerettes que votre attention dédaignerait parmi les pompes florales du mois de mai. La violette surtout, au sortir de ce bain, semble avoir sa corolle plus pure et son parfum plus doux. Le Merle, en secouant les mille perles qui sont tombées goutte à goutte sur le

velours de ses plumes, fait entendre au loin sa voix so-
nore, qui semble musicale auprès des graves clameurs
de la Corneille et des cris monotones du Corbeau ; à
la surface du lac devenu libre, le Cygne glisse ma-
jestueusement avec sa forme de nacelle, avec son
plumage lisse et blanc. Plus blanche encore est la
livrée de l'Albatros qui se détache, au loin, du Ciel
assombri de la mer, au milieu de ces nues et de ces
flots qui se touchent et se confondent. Tandis que
l'homme lui-même, dans son navire menacé, semble
n'être plus que le jouet des eaux, voyez, dans son
vol souple et gracieux, comme tour à tour l'oiseau
plane ou s'élance, sans que son pied soit touché par
la vague, ni son aile mouillée par la pluie. Mais si,
bientôt après, il se fait une éclaircie, si quelques rayons
solaires peuvent se montrer, le tableau change.
L'Albatros plonge alors dans les abîmes pour com-
mencer sa pêche ; et, sous l'arc-en-ciel qui courbe
en hémicycle ses douces couleurs, l'homme rassuré
déploie de nouveau sa voile et se dirige vers le port.

Mais nous devons dire ici que Février, moins agréa-
ble qu'utile, s'adresse bien plutôt à la pensée qui
juge qu'à l'œil qui veut être flatté : lui-même semble l'avouer. En effet, comme il satisfait moins le
regard, il essaie presque de le fuir, car il maintient
ses nuits longues et il est le plus court des douze
mois.

www.ingramcontent.com/pod-product-compliance
Lightning Source LLC
LaVergne TN
LVHW010821180726
843502LV00009B/3468